神獸獵人 ④

穿越沙丘的冒險

管家琪——文
鄭潔文——圖

目次

1 白螺仙子的傳說

很久很久以前，在某地官衙裡，有一個小吏，名叫吳堪，性情溫順，十分熱愛大自然。

他家門前就是一條小溪，叫做荊溪。吳堪非常愛護這條溪，總是想盡辦法維護溪水，不讓溪水受到污染。自從妻子不幸過世，吳堪更是每天下班後，就花大把的時間待在溪邊，一邊欣賞溪水，一邊沉思，小溪成了他的精神寄託。

幾年之後，某天吳堪偶然在溪邊撿到一隻白螺，覺得牠白淨剔透、很漂亮，就帶回家，找了一個水缸養起來。

接下來，怪事發生了。隔天吳堪一回到家，非常驚訝的發現，家裡特別乾淨，顯然是有人用心打掃過，而且竟然還有一桌子香噴噴的飯菜！他可是一個光棍呀！家裡除了他之外沒有別人，到底是誰在默默的照顧他？

同樣的怪事持續了好幾天，吳堪每天一到家就看見家裡窗明几淨，還可以享用熱菜熱飯。妻子過世以後，他已經很久不曾體驗這樣的生活了。吳堪對於這位神祕的好心人，真是又好奇又感激。

一天，鄰居告訴吳堪，每天在他出門上班之後，他的家中會出現一位十七、八歲的美麗女子，非常勤快的做家事，一到傍晚還會開始燒飯做菜。

吳堪懷疑是那隻白螺所爲，爲了求證，隔天他假裝照常出門上班，實際上是躲在鄰居家，決心要一探究竟。

果然，他看到家裡不知打哪兒冒出一位妙齡女子，正在忙這忙那。吳堪趕緊衝回家，向女子道謝。女子告訴他，上天知道他愛護荊溪，工作也很認真，想對他表示嘉獎，看到他孤苦一人，便派自己來爲他操持家務。

從此，女子對吳堪的照顧更上一層樓，兩人相處和睦，感情融洽，最後結爲夫妻。

吳堪這番奇遇很快傳了出去，人人都嘖嘖稱奇，也非常羨慕，其中包括吳堪的頂頭上司：縣令。縣令在見了吳堪貌美如花的新婚妻子後，嫉妒得不得了，於是動了壞心眼，想要橫刀奪愛。

縣令想到的方法，是故意刁難吳堪。一天，他把吳堪找來，命令他去置辦兩樣東西，分別是「蛤蟆毛」和「鬼臂」，並且必須在當天晚上就要交出來，否則將遭到嚴厲的懲罰。不過，吳堪的新婚妻子可不是普通人啊，在她的幫助之下，很快就把這兩樣古怪的東西找齊了。

縣令眼看一計不成，立刻又心生一計。這回，他對吳堪說：「我要『禍斗』！快去給我帶來，要不然你就準備大禍臨頭吧！」

可憐的吳堪，連「禍斗」是什麼都不知道，只能哭喪著臉回家，把這件禍事跟妻子說。妻子的反應很平靜，只是寬慰

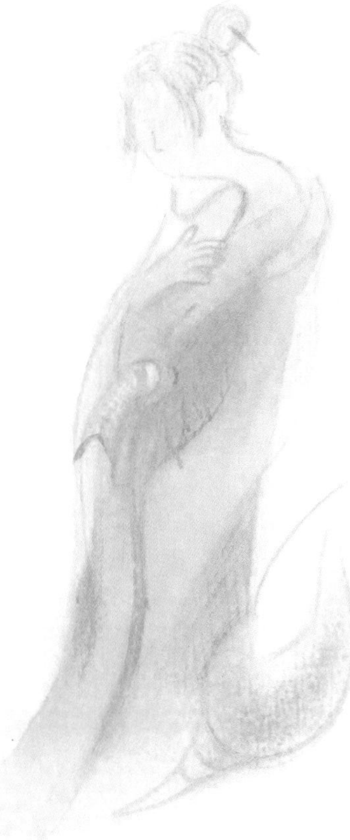

他，叫他放心，並且很快便把「禍斗」給牽來了。

「這就是『禍斗』？」吳堪不敢相信。

「沒錯的，這就是禍斗，放心的牽去交差吧。」妻子還將禍斗的特性詳細介紹了一番。

吳堪忐忑萬分的牽著禍斗去見縣令，縣令一看，火冒三丈，大怒道：「我要的是『禍斗』，這分明是一隻狗啊！」渾身黑色的禍斗，無論是從外貌或是個頭，看來確實就像一般的狗。

吳堪說：「啟稟大人，這確實是禍斗，牠能吃炭火，也能排洩炭火——」

「好！那我們現在就來試試！」說罷，縣令叫手下拿來燒紅的木炭，放在禍斗的面前。

禍斗馬上就吃了，而且不一會兒所排出來的糞便，也全部都變成了火團。

照理說，吳堪都已經證明這隻貌似黑狗的動物就是禍斗，縣令應該無話可說了才是，然而縣令不想就此放過吳堪，竟說：「哼！這個傢伙有什麼用！」

不知是否因爲被縣令大罵「沒用」，讓禍斗很生氣；也或

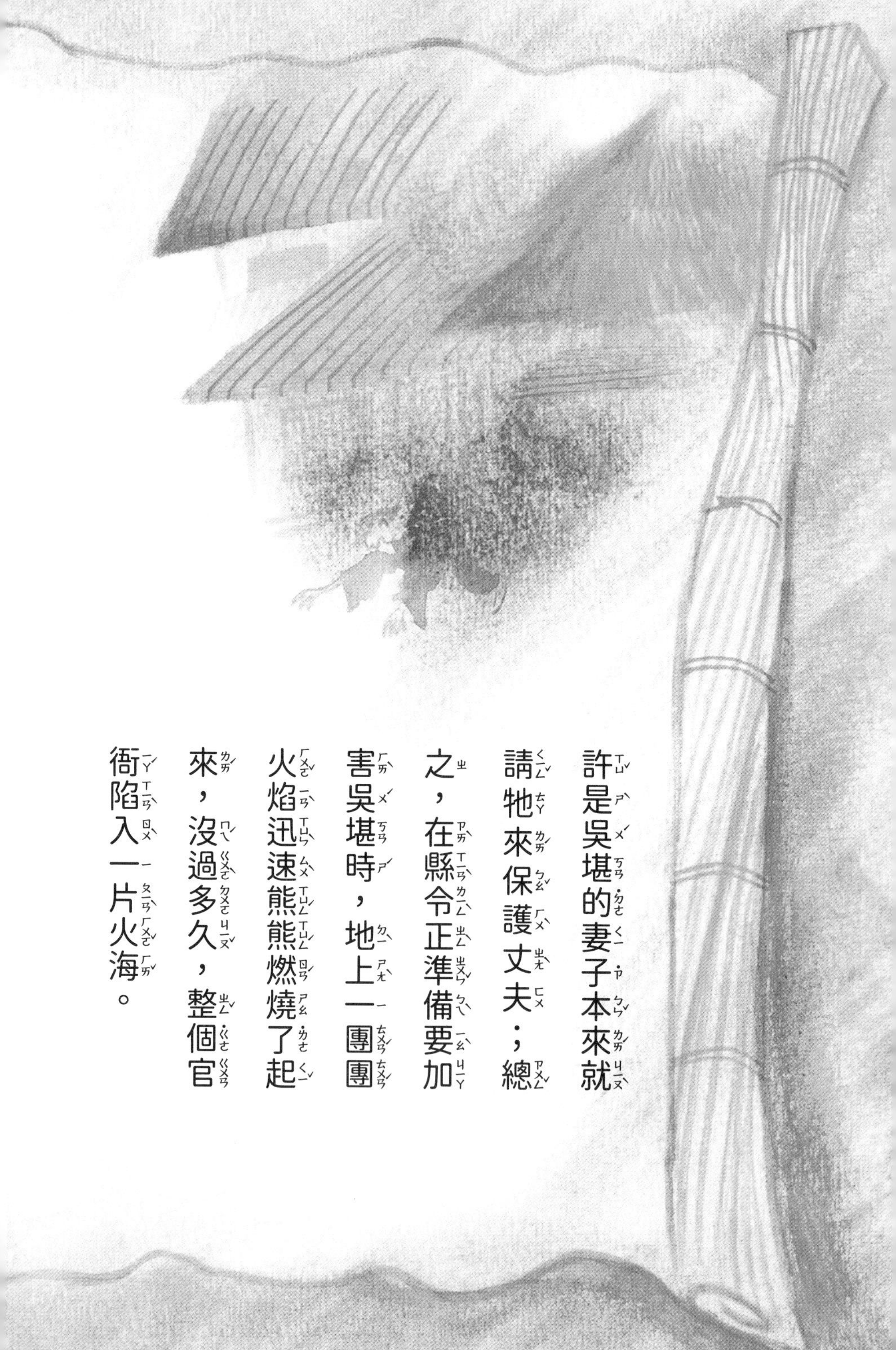

許是吳堪的妻子本來就請牠來保護丈夫；總之，在縣令正準備要加害吳堪時，地上一團團火焰迅速熊熊燃燒了起來，沒過多久，整個官衙陷入一片火海。

火災過後，縣令死了，吳堪和他的妻子則就此失蹤，大家都相信他們是逃到沒有人打擾的世外桃源去了。

故事結束，欣欣說：「我覺得這個故事，有些地方跟『田螺仙子』有點像耶！在『田螺仙子』裡，主角的老婆也是田螺變的，而且好像同樣是從水缸裡出來。我一直覺得好奇怪，從水裡出來，那她的衣服不是應該都濕了嗎？」

高明答不上來，說真的，這個問題他根本從來沒有想過呀，只能說：「她們都不是凡人，總是有特別的辦法——」

正說著，媽媽也來到客廳，「你們兩個在說什麼？」

「哥哥在說故事給我聽。」欣欣開心的說。

「哦，很好呀。」

以前高明總嫌欣欣太黏太煩，也難怪，畢竟兄妹倆相差了六歲多，加上兩人的興趣本來就很不一樣。但是打從搬回老家之後——不，媽媽突然想到，應該說是失去了爸爸以後，高明一下子成熟許多，經常會主動幫忙照看欣欣。尤其是最近這陣子，兄妹倆三不五時就在一起嘰嘰咕咕，還老講一些她聽不懂的事。

像是現在，當她一問「在說什麼故事」時，她與兩個孩子間的隔閡又很明顯了。

欣欣回答：「在說『禍斗』。」

剛才在開始講故事前，高明有特別做過解釋，讓欣欣知道這個名字是由哪兩個字所組成。

「什麼？」媽媽聽不懂。

高明說：「是一種神話中的動物，有的人說是神獸，也有的人說是妖獸。」

「你最近好像對這些東西很感興趣啊。」媽媽說。

「我也是啊！」欣欣說：「只是他們的名字都好難唸，不像狗狗、貓咪那麼好記，我常常一下子就忘了。」

大概是從狗狗、貓咪聯想到其他動物，媽媽心血來潮，提議道：「這個星期天我們去動物園玩，好不好？」

高明還在考慮，但是小小年紀的欣欣，只要一聽到要出去玩就很高興，馬上熱烈響應，歡呼道：「好啊好啊！」

2 旅遊行前準備

一家人興致勃勃的出遊，沒想到結果卻是——兄妹倆這天在動物園玩得很沒勁。

並不是因為少了爸爸同遊的關係。其實，幾乎從來都是媽媽和高明、欣欣「三人一組」出去玩，因為爸爸總是很忙。以前無論是在車站、餐廳或遊樂場等地，每當有人與媽媽閒聊，經常會問「他們的爸爸呢」，當時媽媽總說「他得上班」。今天，媽媽還是這麼說。

高明和欣欣都聽到了，不過，兄妹倆沒說什麼，就連欣欣也寧可媽媽採取一樣的說法，而不希望實話實說——「他死了」——該怎麼說出口呢？他們都不想聽到那個字；而且媽媽說，人家只是隨口問問，我們自己家裡的事，沒必要跟外人說那麼多。

這天，兩個孩子不管看什麼動物，反應都很平淡，提不起什麼興致。

這讓一旁的媽媽大感無趣，心想，哎！虧自己還特別騰出時間、做了功課，帶他們又坐火車、又換公車的，費了一點功夫才抵達位於鄰縣的動物園；可兩個孩子的臉上，居然一直掛著「這有什麼好看」的表情，真是的！太沒意思了！

當兩個孩子動不動就嘀嘀咕咕一些奇怪的話時，媽媽更煩躁了。

比方說，看到有人牽著一隻黑色精壯的杜賓犬，欣欣就問哥哥「那個什麼『ㄉㄡˇ』是不是就長這樣」；看到一群迷你豬，欣欣又說「那個什麼『ㄎㄤ』有沒有這麼可愛」；看到老虎的時候，欣欣則說「那個什麼『ㄢ』大概長得就是這個樣子吧」……。媽媽聽得一頭霧水，欣欣到底是在說什麼呀？更令她匪夷所思的是，欣欣講得這麼不清不楚，可是小明卻都聽得懂，然後一一回答。

媽媽有所不知，高明當然聽得懂，因為這些都是他告訴妹妹的呀！

書上說，「禍斗」通體黑色，外形和一般的狗沒什麼不同，所以欣欣才會聯想到杜賓犬；形狀像豬的「當康」，是傳說中的瑞獸，在豐年時會鳴叫著自己的名字、跳著舞出現；至於「狴犴」，也是一種神獸，外貌似虎，充滿正義感又強壯有力，古代的門上常見的虎頭形門環裝飾，就是他。

媽媽不知道的是，在去過天界、見過一些神獸之後，高明和欣欣對於一般的動物已經提不起多大的興趣了。因此，從動物園回來後，兄妹倆就悄悄計畫，要再去天界旅遊。

媽媽的布包生意愈來愈有進展，現在那家讓她寄售的商店，特別闢了一個專區，讓媽媽陳列手作布包。媽媽還發現，經過自己的解說，客人會提高購買意願，因此最近的週末假日經常去店裡「坐鎮」。

從動物園回來後的隔週日下午，趁著媽媽去店裡照看布包生意，兄妹倆決定要把握這大好時機，展開去天界旅遊的計畫。只是——欣欣的動作好慢啊！

欣欣慢悠悠的整理背包，遲遲難以決定要帶哪一個娃娃，是度假版還是派對版？兩個娃娃在高明眼裡，看起來根本差不多，他不耐煩的催促妹妹：「喂！你到底還要整理多久啊？」

「急什麼嘛，我們有的是時間啊。反正到時候只要貼上傳送貼紙，就可以回來啦！而且還會像沒有離開過一樣。」

對於欣欣這番話，高明自然是無法反駁，但還是很不滿意，「就算有大把的時間，也不應該這麼浪費啊！快點啦！你帶的東西太多了啦。」

「哥哥，這可是我們頭一次一起出發耶，當然要做好準備啊！」

欣欣說得也沒錯，前兩次都是高明一個人出發，被欣欣發現後再立刻追上；這回可是兄妹倆一起密謀，決定好要一起出發。

「哎，反正你快一點啦。」高明只能繼續催促，「你帶這麼多東西幹麼？」

「不多啊，難道你忘了，我們在天界不管是坐車還是坐船，都得真正花時間去坐，不可能像電影裡那些主角，『咻』一下就飛過去。所以當然得準備一些在路上玩的東西，才不會無聊啊。」欣欣說得頭頭是道。

「可是，你帶的東西未免也太多了吧！」那些電影裡的冒險家，一個個不都是輕裝出發，幾乎不帶什麼行李的。

看著欣欣這麼一大包行李，高明忽然想到一個問題，「咦，這些傳送貼紙不知道有沒有重量限制？」

韓天在給他們傳送貼紙的時候沒有提過這一點，由於前兩次他們去天界的時候也沒帶什麼行李，高明擔心，如果這次帶了太多的東西，會不會影響到傳送效果？

這麼一說，欣欣也開始有一點擔心，但繼之又說：「可是你上次帶了書包啊！」

「哎，別提了。而且我的書包沒有多重，比你現在這個包要輕多了！」

高明回想自己第一次去天界時，是因為挨了罵，想要「離家出走」、逃離現實；第二次是想在段考前多爭取一點時間來臨時抱佛腳，異想天開帶著書包、跑到天界準備複習功課，結果一到天界就遇到化蛇阿姨，後來忙著跟韓天執行任務，根本沒機會看書。

「有了有了！我想到一個好辦法了！」欣欣高興的說：「我跟我的包包分開走就好了嘛！」

「你是說——」

「給包包也貼上一張貼紙呀！怎麼樣，我很聰明吧？」

「呃，可以這樣嗎？」

「試試看嘛，我想一定可以的。而且韓天不是送給我們好幾張貼紙嗎？」

「那你要做好心理準備，萬一出了什麼問題，包包就找不回來了喔！」

「不會的啦，我有信心，一定可以的！」

3 報告失誤，傳送成功

這天，韓天正在王宮裡向大王匯報任務進度。

韓天說，前段時間從皇家神獸園出逃的神獸，已經找回了很多——現在他也盡量用「找」，而少用「捉」這個說法——而那幾隻躲藏許久的「四大凶獸」，也終於有了一點線索，他有信心很快就可以得到具體的消息。

大王對韓天的表現感到很滿意，要他繼續努力，盡快把所有還在外頭遊蕩的神獸通通找回來。

「如果您能撥給我一點人手，這件事情應該能更快結束。」韓天說。

「這個嘛……」

大王還在考慮，一旁的顧大臣開口道：「韓隊長，我以為這件事我們不是早就說過很多次，要低調處理了？你就能者多勞吧，否則人多嘴雜，容易走漏風聲。」

顧大臣說，畢竟這些神獸一個個都是相貌奇特，令人望而生畏，而且神獸一族大部分亦正亦邪，早期時常吃人，就連外表那麼美麗、又象徵祥瑞的九尾狐，過去也會吃人，因此他堅持要封鎖一切有關神獸出逃的消息，以免引起大家不必要的恐慌。

可韓天認為，如果不追查神獸究竟是如何出逃，就算這次能夠順利把他們找回來，難保以後不會再發生類似事件。

顧大臣仍然反對，他不太高興的說：「大王剛才不是講了，現在最重要的，就是盡快讓神獸回到皇家神獸園，其他的事等以後再說吧。」

韓天不死心，繼續試圖說服，「有一件事，我本來不想這麼快就說的，不過現在想想，提早稟報應該也不是壞事吧。我最近看了一份報告——」

說著，他把背包放下，打開後伸手進去。

「從這份報告——」他拿出一個娃娃。

大王和顧大臣都看著他，頓時一片靜默。

顧大臣問：「隊長是說關於娃娃的報告？我們不是在說神獸？」

「請等一下……」韓天繼續往背包裡頭翻找。

這回，他拿出一件小女孩的洋裝，領口和袖口都有蕾絲花邊。

大王一臉困惑，轉頭看著顧大臣，「這是什麼比喻啊？我不懂。」

有那麼兩秒鐘，韓天也很困惑，不過，他在包裡又翻了幾下，馬上明白究竟是怎麼回事。

「抱歉！那份報告我好像忘了帶，還是下回再報告吧。我現在先去工作了。」

說著，他趕緊把娃娃和洋裝塞回背包，匆匆退出王庭。

走進等候廳，果然看見高明和欣欣。高明一看到韓天，馬上露出非常開心的笑容，欣欣則因為一直仰著頭東看西看，直到韓天走到面前，她才發現。

「小傢伙，在找什麼嗎？」韓天問。

「對啊，我在找我的背包，不知道傳送到哪裡去了？」

欣欣很失望，「我還以為給背包貼上貼紙，它就會跟我一起來才對。」

「可能背包畢竟是個東西、沒有生命，而我給你們的傳送貼紙是針對生物，所以就產生一點誤差了。不過，你放心，你的東西並沒有消失，至少沒有全部搞丟。」韓天把背包打開來，「你看看，是不是都在這裡？」

「哎呦！真的是我的東西！」欣欣十分驚喜。

經過檢查，雖然不少東西還是不見了，不過，那個旅行版的娃娃還在，她已經覺得非常慶幸。

「你知道我們來了？」高明問。

「本來還沒注意，也是剛剛才知道。你們今天終於一起來了，出發的時候有注意時間吧？」

「有，我還記在本子上了。」

「那就好。你們今天怎麼會突然過來？」

欣欣說：「我們想來找你玩呀！」

韓天有些為難，「可是……我得工作啊。」

高明趕緊說：「我們就是想陪你一起工作！其實我們是想來這裡，再多看一些神獸。」

「我倒是正好要去執行一項新的任務——」

「耶！太好了！」兄妹倆都好高興，「我們跟你一起去！」

「可是，可能會很辛苦——」

「沒關係，沒關係！」

「可能還會有一點危險——」

「不怕不怕！」

欣欣還趕緊猛拍馬屁，「有你在，我們什麼都不怕！」

韓天看看兄妹倆，對於他們過盛的熱情有些手足無措，但看著充滿期待的眼神，實在不太忍心拒絕、叫他們現在立刻回去……。

「好吧，不過我得先聲明——」

他話都還沒講完，高明和欣欣又搶著齊聲大嚷：「沒問題，沒問題！」

反正，兄妹倆是下定決心，一定要黏著韓天不可！

4 老朋友的招待

韓天領著高明和欣欣從王城的西北口出城，然後一路往西北方向前進。

他照例讓高明獨自騎著一匹小馬，自己則載著欣欣，兩匹馬並肩而行。

這匹小馬不是高明上回騎過的那匹，上回小馬的鬃毛是彩虹色，讓高明印象深刻，而這匹小馬雖然身體也是深栗色、馬蹄也是接近黑色，但鬃毛是粉紫色，像天界夜空的顏色，所以一眼就可以看出不同。

騎了一會兒，高明覺得被顛得七暈八素，實在受不了了，只好大呼：「停一下！拜託停一下！」

韓天馬上拉住馬兒，「怎麼了？」

「我……」

高明才剛開口，欣欣就搶著說：「我知道！哥哥一定是屁股痛！」

高明無法否認，尷尬的對韓天說：「可以請你檢查一下設定嗎？我覺得設定好像有問題。」

上回韓天有把小馬先設定好，讓原本騎馬經驗乏善可陳的高明，一上馬就騎得有模有樣。

然而，韓天居然說：「設定？哦，對不起！剛才我們走得匆忙，我都忘了要先幫你設定。」

什麼？忘了設定？韓天跳下馬來，一邊說「你不錯嘛，騎了這麼久都還沒被摔下來」，一邊趕緊附在小馬的耳邊，說了一串兄妹倆聽不懂的話，聽起來像是咒語。韓天講完以後，小馬兩眼發直，呆若木雞，活像是在「重新啟動」，過了一會兒才恢復正常。

「設定好了！不過這回我設定的是簡易版，留下空間讓你自己發揮。你可以的。」韓天微笑道。

高明此刻開心不已：原來剛才沒有設定，都是我自己騎的？哇！那我簡直是騎馬天才嘛！

頓時，他的屁股不痛了，腰桿也挺得更直，信心十足的想要好好表現。

看到高明一直喜滋滋的傻笑，韓天說：「也別太得意啦，萬事起頭難，熟能生巧，都是這樣的。」

接著，他還提醒高明，可不要得意忘形，樂極生悲。

幸好韓天的指教只有點到為止，要不然就很像長輩在嘮叨了。這可真是讓高明暗暗鬆了一口氣。

按韓天的形象，兄妹倆當然覺得他是長輩；可是在這幾次相處中，韓天從來沒有擺出一般長輩常有的臭架子，更不曾對他們說教，再加上還要兄妹倆對他直呼其名，總之，在他們看來，韓天就像是一個大朋友，不像是長輩。

走了好一會兒，韓天看了看地圖，對兄妹倆說：「帶你們去見一個熟人吧，就在前面不遠的地方，算是順路。」

哦，我們在這裡還有其他認識的人？兄妹倆很好奇。

不過，高明很快就想到了可能是誰。

又繼續前進了一段路，韓天拿出雨衣讓他們穿上。現在高明更加確定韓天要帶他們去見誰了。

不久，雨滴開始落了下來，漸漸的愈下愈大。

在雨勢趨緩之後，他們來到一個叫做「水資源管理處」的地方，這是天界不久前才剛剛成立的單位。

管理處的負責人知道他們來了，立刻放下手邊的工作，滿臉笑容的出來親自迎接。

「化蛇阿姨！」兄妹倆都很高興。

高明猜得沒錯，果然是化蛇阿姨啊。

她還是身著那件長得拖到地板上的黑色斗篷，看到兄妹倆顯然也很開心，不斷比手畫腳把三位貴客迎進屋裡，再比手畫腳請他們坐下，然後按了一下呼叫鈴，叫來一個員工，又比手畫腳讓員工去準備茶點……，總之，一切溝通都是使用「肢體語言」。

兄妹倆都知道為什麼化蛇阿姨要一直比手畫腳，他們沒忘記化蛇阿姨只要一開口說話，就會電閃雷鳴，暴雨驟至。再說，他們也都記得化蛇阿姨說起話來，語氣總是很奇怪，有時甚至像是嬰兒在啼哭，更多的時候聽起來像在罵人，而且是很兇很兇的罵人。所以，他們都寧可化蛇阿姨還是不說話就好啦。

化蛇阿姨一直熱情的要他們嘗嘗點心，可是不管她怎麼比手畫腳、兩隻手忙碌得好像都快打結啦，兄妹倆還是盯著桌上那些黑糊糊的點心，怎麼都看不出究竟是什麼，實在不敢開動。

韓天取笑他們：「還說要冒險呢！連嘗試新東西的勇氣都沒有。」

從韓天臉上的笑容，兄妹倆當然知道他沒有什麼惡意，可是……。

「你怎麼不吃呢？」欣欣問。

高明頓時對妹妹好生佩服，心想：哇！真敢問！對啊，韓天為什麼自己不吃？

他盯著韓天，想看韓天如何應付。

只見韓天若無其事的說：「哦，我以前吃過，可是吃了就過敏。」

接著還對化蛇說：「無福消受，不好意思了。」

見貴客都不肯享用點心，化蛇好像挺失望的，但似乎也能理解，很快就不再勸了。

他們在這裡休息片刻，再度啟程。化蛇阿姨依依不捨的看著兄妹倆，尤其是高明，並輕輕拍了拍他的肩膀，疼愛之情溢於言表。

高明有些緊張，直到上了馬才放鬆下來。他的緊張在於擔心化蛇阿姨會不會抱他——說真的，儘管明知化蛇阿姨很和善，對自己也一直都挺照顧，可是只要一想到她藏在斗篷下、有如蟒蛇般的下半身，他還是控制不住得覺得很恐怖。所以他剛才很感謝化蛇阿姨在臨別前沒有抱抱他。

無論如何，看到化蛇阿姨現在過得滿好，高明真是打從心底為她高興。

韓天告訴他們，自從上回把化蛇帶回來以後，王庭針對皇家神獸園的管理，多少還是做了一點調整。推展神獸就業計畫就是其中之一，讓神獸一族能在適當的地方、有適當的機會，發揮他們的本事。化蛇正是這個計畫第一個實施的對象。

「這一帶本來非常缺水，她來了以後，只要練習掌控好降雨的能力，就能大大改善這裡的環境。我看她做得不錯。」

「我想問你一個問題，」高明看著韓天，「你真的吃過那個點心嗎？真的吃了以後就過敏嗎？」

韓天大笑，「哈哈，你說呢？我的經驗是，如果有你不想吃的東西，只要說自己吃了會過敏，人家就絕對不會勉強你的。」

「所以你也沒吃過？」

「當然了，我的冒險精神可不是用在這個方面。」

兄妹倆這才明白過來，齊聲嚷道：「哇！你好奸詐喔！」

5 沙漠中的造船廠

他們繼續朝著西北方前進。

「我們很快就要進入西北大沙漠了。」韓天帶著兄妹倆下了馬，然後在兩匹馬的腦袋上分別貼上傳送貼紙。

「等一下！你要幹麼？」高明有點驚訝。

「先把牠們傳送回去啊，」韓天解釋，「馬在沙漠上是很難行走的。」

「我知道！」欣欣說：「在沙漠裡要騎駱駝！」

韓天笑笑，「沒錯，只可惜現在沒人幫我們把駱駝傳來，所以我們只好用走的了。」

兄妹倆都驚呼：「用走的？」韓天提醒道：「別忘了你們答應過不怕累，也不怕吃苦的。」

「是啊，只能用走的。」

這麼一說，兄妹倆都覺得不好意思，趕緊閉上嘴巴，看著兩匹馬兒消失之後，乖乖的跟著韓天前進。

在沙漠上行走真是不容易，兄妹倆艱難的走了一段路，來到一棟建築物旁。

高明一看就傻眼了，「這——這好像是一座造船廠呀！」

即使看上去頗為簡陋，但的的確確是一座造船廠！

欣欣一臉困惑，「沙漠裡怎麼會有造船廠？造船廠不是應該在海邊？」

看！就連欣欣都知道。

高明說：「所以這就是問題所在，不正常啊！」

「對，是不正常。」韓天說：「自從許多神獸出逃以後，很多地方的自然環境都變得極為異常。像這一帶本來不是沙漠，是在一種神獸跑來之後，才變成一片沙海的。」

「我知道了！」欣欣說：「那個神獸就是你這次的目標，對不對？」

「對的，沒錯。」

高明則注意到剛才韓天的說法有一點奇怪，「為什麼你剛才是說『一種』神獸，而不是說『一隻』神獸？」

韓天笑笑，「嘿！你很敏銳嘛！」

欣欣不懂，「什麼意思啊？」

「意思是說，這回我的目標是兩隻神獸——至少兩隻，但都是屬於同一種。」

看欣欣好像還是似懂非懂，韓天乾脆從頭解釋。他告訴兄妹倆，這次的目標叫做「肥遺」，據說只要一出現就會引起大旱。肥遺有三種形態，前兩種都是呈現出怪蛇的樣子，是他此行的目標。這兩種怪蛇形態的肥遺，怪的特點不一樣，其中一種，身體看起來是兩條蛇，卻共用同一個腦袋；另外一種，明明是一條蛇身，卻擁有六足四翼。

「所以，『畫蛇添足』原來也不是全錯？」高明問：「蛇也會有腳？」

「可是你別忘了，那就不叫做蛇，叫做肥遺，是神獸。」

韓天說，肥遺第三種形態和前兩種差異很大，是跟鶺鴒體型相近的鳥，身體是黃色的，嘴是紅色的。據說吃了這樣的肥遺能治病，防止寄生蟲。而因為沒有證據顯示鳥類形態的肥遺會造成大旱，所以皇家神獸園沒有把他們囊括在內。兄妹倆聽到這裡很是驚訝，堂堂神獸居然還會被吃！實在是太慘啦。

韓天補充說明：「不知道我們會不會見到鳥類的形態，不過，根據目擊者的描述，有兩隻怪蛇形態的肥遺最近在這裡出現，把這裡迅速變成一片沙漠，所以我剛剛才會說，我是來找一『種』神獸，但其實是兩隻。」

「原來是這樣。」欣欣總算搞清楚了。

高明又問：「這座造船廠還在運作嗎？」

「當然。」說著，韓天已經帶他們來到造船廠入口。

裡頭只有幾個士兵，辛辛苦苦的留守，看到韓天來了，得知是王庭派來收拾肥遺的高手，一個個都欣喜若狂！

接下來，幾個士兵按韓天的指示，合力抬出一條小船。

這回，小船不是上次他們去南方大陸找化蛇阿姨時，搭過的那種烏篷船，而是像觀光區裡很多遊客都在划的普通小船，還附有兩枝木槳！高明記得，在為數不多的幾次全家出遊中，爸爸就曾經在公園的大湖裡帶他們划過這樣的小船。當時因為船太小，坐不下一家四口，剛好媽媽又怕水，所以她都在岸邊的咖啡廳等著……。

「高明！上來呀！」韓天的催促一下子把高明飄遠的思緒拉了回來。

只見韓天領著抬船的士兵，往一個高高的沙丘走。

「哥哥，你在發什麼呆啦！」

韓天也問：「在想什麼？想得那麼專心，叫你好幾聲都沒應。」

高明很不好意思，「沒什麼。我們這是要去哪裡？」

韓天指指位於前方高處的沙丘，「我們要去那裡，從那裡上船，然後出發。」

「你是說，我們要坐著小船在沙漠上飛？」高明十分驚訝，「類似的場景我只在電影裡見過！」

「是嗎？那等等你們就可以體驗一下了。」

「可是——不對啊，」高明很疑惑，「沙漠又不是流體，怎麼可能讓船開在上面？」

欣欣聽得也很糊塗，「哥哥你說什麼『梯』？」

韓天說：「你們等著看看吧！很快就知道了。這艘小船很厲害，唯一麻煩的，就是它一定得從高處出發，沒辦法在平地直接發動。」

難怪韓天要讓士兵把小船抬到高處。

到了沙丘，韓天讓兄妹倆先坐進小船，並且讓他們坐在船頭，自己再坐在船尾。

「準備好了嗎？抓好，」韓天宣布：「現在——出發！」

兄妹倆既緊張又興奮，簡直像在遊樂園搭乘刺激的遊樂設施……哇！兄妹來不及多想，小船已經像一艘飛艇一樣，從沙丘飛馳而下！

欣欣尖叫起來，但不是因為害怕，而是因為興奮！

「好玩吧！」兄妹倆聽到韓天在他們身後大聲說，聲調極其愉快。

飛呀飛呀，就在這樣飛馳而下的過程中，高明注意到緊挨著船身，有好多沙粒飛濺著，想起曾經看過一個科普節目，提到太空科學家是如何製造流動的沙池；關鍵是在沙子的底部不停吹風，這樣就可以製造出形態如同水一般的「沙

流」，使原本屬於固體的沙池有了流體的特性。

因此高明推測，那兩隻怪蛇形態的肥遺一定躲在這片沙漠的下方，充當「吹風機」的作用。

想到這裡，高明兩手還是緊緊抓著船身，但努力側過頭去，朝韓天大喊：「那兩隻肥遺一定躲在下面！」

「我知道！」韓天大聲回答：「等一下他們應該就會出現了！」

現在小船已經來到比較平緩的區域，前進的速度不像剛才那麼快了，於是韓天手握著木槳，開始划船。

想到兩隻肥遺就快出現，高明不由得緊張了起來。

欣欣呢，則還在樂得咯咯直笑，甚至興奮的尖叫，好像把尋找肥遺的事忘得一乾二淨。

忽然，韓天對兄妹倆大嚷：「快看！在你們的右邊！」

高明側過頭一看，看到就在距離他們不遠處，有好幾隻身體黃黃、嘴巴紅紅，跟鵪鶉個頭差不多大的小鳥，正在結伴飛行，方向與他們一致。

他馬上意會過來，大呼：「肥遺鳥！」

一聽到這個詞，韓天忍不住笑了出來；剛才他是告訴過

兄妹倆，類似鶺鴒也是肥遺的一種形態，可沒想過直接稱之為「肥遺鳥」。不過，轉念一想，又覺得這樣稱呼，意思倒也明確。

韓天放下右邊的木槳，騰出右手，解下繫在腰間的繩索，把繩索甩了幾圈後，果斷的拋了出去，動作十分俐落。

兄妹倆正盯著肥遺鳥看呢，忽

然就看到其中一隻被繩索套住，嚇了一大跳。

其他幾隻肥遺鳥更是受到極大的驚嚇，紛紛撲騰著翅膀，不等韓天再甩出第二條繩索，就都逃之夭夭了。

高明覺得韓天好厲害，看得真是羨慕極了，大聲說：

「找機會也教教我吧！我也好想學套繩索。」

「好啊，」韓天非常爽快的一口答應，「找機會一定教你。你們快來看看吧。」

韓天解下肥遺鳥身上的繩索，雙手捧著讓兄妹倆看。

能這麼近距離的觀察肥遺鳥，感覺實在好奇妙。高明覺得肥遺鳥看起來很溫馴，正想伸手摸摸，欣欣忽然驚叫起來：「媽呀！那是什麼？是不是肥遺？」

只見遠遠的，一條腦袋很大、有兩個身子的蛇，猛的從沙地裡衝了出來！

6 與沙海搏鬥

「來了！」韓天把手中的肥遺鳥往上一拋，讓他回到空中，然後簡短下令：「小明！你過來，幫忙抓住槳；欣欣你坐好，抓緊！」

只要抓住木槳，小船就能保持前進，所以韓天需要高明的幫忙。

高明趕緊起身往後頭移動，韓天又特別叮嚀了幾句，叫他小心。

等到高明把兩枝木槳抓穩了，韓天迅速掏出一顆綠色的圓石往繩索上綁。

這顆圓石高明之前沒見過，好奇的問：「那是什麼？」

「用來吸引肥遺的注意。」

圓石一綁好，馬上開始閃耀著綠色的強光。

此時，正在遠方沙地上游走的肥遺，果然很快就注意到綠光，腦袋一豎，盯著綠光看了一會兒，接著就筆直的朝他們衝來了！

欣欣「哇」的一聲，嚇得大哭。

「欣欣別怕，我馬上就套住他。」韓天冷靜的站著，目光直視前方，右手開始甩動繩索，「小明把槳抓好！」

忽然，他們明顯的感受到一陣劇烈的晃動——有什麼東西在沙地裡，就在他們的小船下面！

緊接著，一隻六足四翼的怪蛇從沙地裡竄了出來！

怪蛇其中一隻腳「碰」的一聲，撞到了小船。遭到這麼一撞，站著的韓天一個重心不穩，跌落到沙地裡，並且很快就被茫茫沙海淹沒、不見人影！

與此同時，兩隻肥遺也都迅速鑽回沙地裡，簡直是默契十足。

欣欣被剛才的一幕給嚇壞了，大哭道：「韓天完蛋了！要被肥遺吃掉了！」

高明心想，鎮定、我要鎮定！他沒時間安慰欣欣，只能由著欣欣嚎啕大哭。

想了兩秒鐘，方才他只是聽從韓天的話，抓住兩枝木槳，現在他開始拼命的往後划。

「我們回去接韓天！」高明打定主意，想盡快划回剛才韓天掉下去的地方；他相信韓天一定可以掙脫沙海，到時候

就會需要他們的接應。

可是，好奇怪，他明明很努力的往後划，但小船怎麼還是距離韓天剛才掉下去的地方愈來愈遠？

「哥哥，你用力啊！」一聽到高明說要回去接韓天，欣欣就不哭了。

高明沒好氣的說：「我在用力啊！」

就在這時，高明想起曾經在科普讀物裡看過一個說法：物體一旦被黑洞牽引住，那麼它不超過一定的速度，是永遠也別想逃掉的。

高明心想，我們的小船現在就像是進了黑洞的領域，被一股不知名的力量給扯住，看來我不管怎麼划，也不可能回到剛才韓天掉下去的地方……。

這麼一想，高明放下兩枝木槳並且收好，避免它們掉到沙地裡。

看到高明不再划船，欣欣以為哥哥放棄了，急得要命，

「哥哥！你不管韓天了啊？」

「不是啦，我怎麼可能會不管。」說著，高明就去翻韓天留在小船上的背包。

他從裡頭拿出卷軸狀的動態地圖，仔細研究。在看過幾次、並且聽過韓天的解說之後，現在他已經懂得如何看這張地圖，很快就有了幾個重要發現。

首先，他發現這片沙漠雖然一望無際，但實際上沒有想像中那麼大，而且周圍都有陸地，也就是說，他們所在的這片沙漠，像是地中海一樣；其次，他這才知道，原來剛才他們的路線，是貼著這片沙漠的南部行駛。聯想到曾經在百科全書上看過關於洋流的介紹，好像有個叫「艾克曼螺旋」還是什麼的理論，大意是說，地球自轉的過程中，會對海水進行推動，而由於不同緯度的轉速差異，對海水所產生的推動力量不均衡，因此會形成方向固定、永不停止的漩渦……。

高明這才明白，難怪自己剛才想要往後划回韓天掉下去的地方是不可能的，因為逆著洋流前進，就像在一部高速運行的電扶梯逆向奔跑一樣。

高明還注意到，地圖顯示前方有些深色的小區塊，上頭標識著「石頭」，猜測那大概是類似於海洋中的礁石或島嶼吧。按照島嶼的位置來看，他更可以判斷出這片區域洋流的大致方向——

好！高明知道自己該怎麼做了。

他不再往後划，而是開始拼命往前划！

欣欣大叫：「哥哥，你不管韓天了嗎？我們不是要回去救他？」

高明氣喘吁吁的大聲回應：「我這就是要去救他！」

什麼叫做「使出吃奶的力氣」，以前高明只有在參加學校拔河比賽時有所感受，現在可又充分的體驗了！

他拼命的划，奮力一點一點的把小船往前推進，並一邊看著地圖，一邊駕駛小船順著洋流的位置轉彎，過了好一陣

子，就在這片區域繞了半圈。

他覺得力氣已經快要用完了，但是立刻又想：不行！我不能停下來！我不能放棄！我要去救韓天！

於是，高明咬緊牙關繼續划，繼續順著洋流前進。

就在他累得半死的時候，看了看地圖，確認小船終於快要到達韓天剛才掉下去的地方，在那之前應該會先看到一些礁石——咦？

「韓天！」欣欣興奮得大喊。

高明也看到了！在前方的礁石上，韓天就站在那兒四處張望，好像在尋找著什麼，而且他的身邊，還有兩條被繩索緊緊綁住的怪蛇——原來兩條肥遺都已經被韓天給制服了！

7 神獸獵人的改變

兄妹倆喜出望外，韓天見到兩人也非常驚喜，「你們是怎麼找到我的？」

欣欣開心的說：「是哥哥呀！哥哥好厲害，我本來以為他不管你了，還以為你死定了咧！」

韓天哭笑不得，「呃，這裡是天界呢，我怎麼可能……。」

他沒再往下說，高明心想，韓天大概是想說「怎麼可能再死一次」吧。

欣欣也意識到了，好奇的問：「如果你被肥遺吃掉了怎麼辦？」

韓天笑笑，「不可能的啦！」

高明則是問：「那剛才如果我們沒有回來找你，你會怎麼樣？」

「我是不會怎麼樣，我有傳送貼紙啊。問題是你們，你們有帶回程的傳送貼紙嗎？」

高明這才想起，啊！對啊！那天他們在離開王城之前，曾經重新整理過行李，因為欣欣帶來的東西實在是太多了，說要來冒險，居然還帶了一件蕾絲洋裝，真不知道她是怎麼想的。當時兩人把回程貼紙也留了下來，心想反正最後還是要返回王城再一起回家，帶在路上還要擔心會不會搞丟。

也就是說，萬一他們和韓天失散，被困在這片沙漠裡，不是就永遠也回不去了？

高明這才意識到，原來剛才他們一心想要救韓天，實際上是救了自己啊！

韓天說，他一跌進沙裡就跟兩條肥遺搏鬥，把他們制服、並且都拎上來之後，他就很著急，生怕找不到兄妹倆。

「我很懊惱在離開王城之前，沒有確認回程貼紙在不在你們身上，」韓天說：「以後像回程貼紙這麼重要的東西，你們還是該各自隨身攜帶。」

欣欣很得意，「我一開始就是這麼說的啊！」

是的，他們第一次來到天界的時候，高明本來想幫欣欣代為保管回程傳送貼紙，就被欣欣拒絕了。

◎

當韓天想要把傳送貼紙分別貼到兩條肥遺身上時，他們都很抗拒，即使身體被綁住，還是拼命掙扎、不斷發出低沉的嘶吼聲。

韓天不停的耐心安撫道：「抱歉了，回去之後就會幫你們鬆綁的。最近皇家神獸園進行了一番調整，有了一些新的措施，以後你們都會受到比較好的待遇……」

韓天勸慰了一大堆，等到兩條肥遺的情緒總算慢慢平穩下來，這才替他們貼上傳送貼紙，把他們送回皇家神獸園。

在兩條神獸離開之後，高明對韓天說：「我發現你不太一樣了。」

「是嗎？哪裡不一樣？」

「我記得第一次看你捉燭龍的時候，他也一直叫，一看就是不想回去的樣子。當時你沒有理會，把貼紙一貼，就直接把他送走了，可是現在你會耐心跟他們解釋。」

「是嗎？」韓天似乎也思考起來。

欣欣說：「上次對化蛇阿姨就是用講的，沒有直接捉。」

「我想起來了，」韓天看著高明，「上回是你提醒我，要我用講的、用勸的，我才沒有那麼的……」

高明幫忙，「粗魯？」

韓天笑了，「對，粗魯。而且我覺得化蛇說的也沒錯，他們也是天界的一分子，還是很重要的一分子，畢竟從很早很早以前神獸一族就存在了。」

欣欣問：「我覺得好奇怪喔，為什麼這些神獸有的會說話，有的就不會說話？」

高明一想，對耶！從他們這幾次親眼目睹、甚至還有實際接觸的神獸來看，化蛇阿姨會說話，但九尾狐和肥遺不會說話，而燭龍——

「我知道了！」欣欣得意洋洋的說：「有臉的才會說話，沒有臉的就不會說話！」

高明不贊成，「燭龍也有臉啊，我不記得聽他說過話。」

這時，韓天說：「不，其實燭龍也會說話，只是他不喜歡說話、很少說話而已。」

韓天補充說明，神獸一族是從上古時代就生活在這片大地。原先他們散居各地，譬如燭龍是住在北方極寒之地，也有人說他住在鍾山，是鍾山之神；九尾狐住在青丘之山；猼

訑住在南山（也有基山一說）；
肥遺是住在渾夕山。
「你想想，就像我們各地都會有自己
的方言——」

高明十分驚訝，「難道這些神獸也會有方言？」

韓天笑了，「大概就是這樣的概念吧。我記得燭龍那天還是有說話的，只是你沒聽懂罷了。」

「那麼，燭龍那天說了什麼呢？」

「也沒什麼，就是不想回去。」

「不！不！不！」欣欣誇張的模擬燭龍那天的反應。

「不過這些都是發生在我發現神獸抗議事件之前，所以那個時候我對待他們會比較……呃，粗魯。現在我能理解為什麼神獸要逃走了，也覺得應該對他們和善一點。」

說到這裡，韓天又補上一句：「不過，他們出逃的事情還是有一點奇怪，我會繼續追查。」

8 旅遊紀念品

任務達成，意味著即將要離開這片沙漠。

韓天說：「下次再來，這裡應該就不會是這個樣子了。」

原來，有化蛇的幫忙，這片沙漠以後很有希望能恢復成以往鬱鬱蔥蔥的模樣。

不久，他們回到王城，兄妹倆整理好背包，準備打道回府。之前失蹤的東西還是沒有出現，令欣欣相當失望。

高明說：「叫你別帶那麼多的東西你偏不聽，娃娃沒掉就已經很好了啦。」

欣欣嘟著小嘴，「我看媽媽每次出門的時候，東西都帶了不少啊。」

「哪有哇！依大人的標準，媽媽每次帶我們出去的時候，行李都算是少的了。我有一個同學說，他們家每次出去度假，他的爸爸媽媽都要為行李吵架，就是因為他媽媽總是要帶很多衣服，每天都要換不同的服裝，可是行李都是他爸爸在拿。」

高明忽然想到，其實一直以來媽媽也不容易，儘管爸爸總是很忙，無法一同出遊，而且媽媽不會開車，但還是會不怕麻煩的帶他和欣欣出去玩，不會讓他們都待在家裡。

想到這裡，高明忽然想念媽媽了，便催促欣欣道：「哎，你好了沒有啊？我們真的該回去了。」

在回去之前，高明很想帶一點紀念品。這回他跟欣欣是抱著來天界旅遊的心情，而既然是旅遊，當然要帶一點紀念品回去啦。

他鼓起勇氣向韓天提出要求：「送我一段繩索好不好？」

韓天面有難色，但高明不放棄，仍然不斷的遊說，「反正你的繩索可以變出分身，就送我一段嘛。這樣我回去以後可以照著你的動作，自己練習拋繩索。」

「還是等你下次來的時候，我再教你吧。」

「我想自己先練練。」

這時，欣欣也一個勁的幫忙，「好啦，拜託啦，就送哥哥嘛！」

韓天笑笑，「哎，你們兄妹倆的感情真好啊，妹妹還會這麼幫你。」

最後，韓天妥協了，果真送了一段繩索給高明。

韓天沒有教高明怎麼運用繩索來設陷阱，只教他如何讓繩索變長，以及變出「分身」的辦法，韓天覺得這樣也還算安全。

回到家，高明看著手中的繩索，心想：只要自己好好練習，也許有一天也能像韓天一樣，帥氣的拋繩索，真是太棒了！

附錄

趣說山海經

文／米家貝

神奇超能力

喜歡吃火，連拉出的便便也是火球！每到一個地方都會引起大火，令人十分頭痛，所以被視為不吉利的象徵。

出沒地點

- 出自《山海經廣注》〈海外南經〉* 中的厭火國。
- 厭火國人渾身黑色，以火炭為食物。
- 厭火國裡還有食火獸，名叫禍斗。時常為厭火國帶來禍害。

* 註：《山海經》中沒有關於禍斗的描述，禍斗最早出現在明代鄺露的作品《赤雅》中，這本書記載了從先秦時代到明朝的神話與風土民情等，被喻為「明代的山海經」。之後清代的吳任臣將禍斗寫入《山海經廣注》的〈海外南經〉中，列為厭火國裡的神獸。

禍斗——

小心祂滿肚子「火」

外型特徵

外型像狗，有一雙火光四射，紅通通的雙眼。

外型特徵

長得像小豬，有一對尖尖的大獠牙。叫聲像在叫自己的名字：「當康、當康」。

當康——

象徵豐收的歡樂小豬

神奇超能力

農作物即將豐收時，當康就會出現並啼叫。是《山海經》裡受人歡迎的瑞獸。

出沒地點

出自《山海經》〈東山經〉裡的欽山。欽山擁有豐富的金屬礦物、玉石以及魚和彩色貝類。

狴犴的前世今生

傳說宋朝有位監獄管理員名叫犴裔，他對犯人很和善，經常教導犯人如何改過向善。

看不慣這種做法的人，一直想除掉犴裔，他們買通道士聯手欺騙迷信的皇帝，讓皇帝誤認犴裔是瘟神下凡，下令處決犴裔。

行刑那天，當犴裔人頭一落地，一頭怪獸伴隨閃電雷鳴出現在雲端，怪獸刮起狂風將陷害犴裔的人全捲上天。

大家相信：這頭名叫狴犴的怪獸，就是犴裔的化身。

神奇超能力

做起事來公平有魄力，最愛跟著法官辦案。做錯事的人，一看到滿臉威嚴的狴犴，立刻嚇得發抖，直接下跪向法官認錯。

狴犴——正義的化身

家世來歷

別看狴犴一臉兇相，又在監獄或法院工作。說起祂的老爸，那可是無人不知無人不曉——狴犴就是「龍」的第七個兒子。

外型特徵

擁有老虎般兇猛的外表，正氣凜然。古代的衙門和監獄大門上，銜著門環的就是狴犴！

想知道更多龍王與祂九個孩子的故事嗎？
《龍王家族》將為你解密！

神奇超能力

哪個地方有肥遺出沒，那個地方就會有乾旱。

肥遺
——天界的超強力除濕機

怪蛇型態的肥遺

外型特徵

擁有蛇的身體，卻有兩對翅膀和六隻腳。

出沒地點

這頭肥遺出自《山海經》〈西山經〉裡的太華山，約位於今日中國陝西省境內。

太華山十分高聳陡峭，所以禽鳥野獸無法生存，只有肥遺例外。

雙身肥遺

外型特徵

只有一顆蛇腦袋，卻有連體嬰般的兩副身體。

出沒地點

這頭肥遺出自《山海經》〈北山經〉中〈北山首經〉裡的渾夕山，約為今日阿爾泰山山脈之一。渾夕山山上沒有花草樹木，盛產銅礦和玉石。

肥遺鳥

外型特徵

第三種肥遺，外表像鵪鶉鳥，身體是黃色，而嘴巴是紅色。

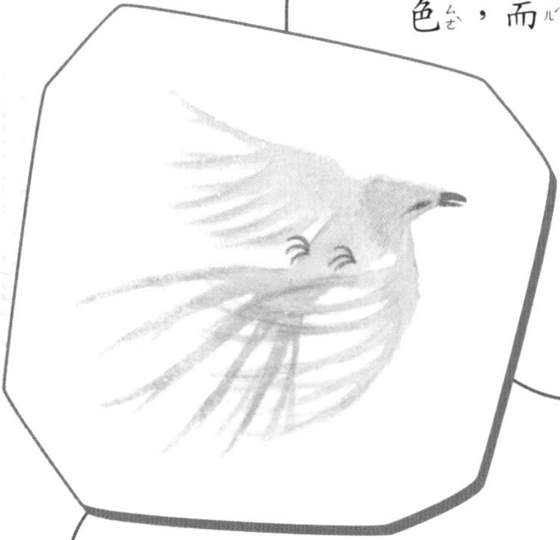

出沒地點

出自《山海經》〈西山經〉中的英山。

神奇超能力

吃了肥遺「鳥」的肉，可以殺死身體裡的寄生蟲，還能治療痲瘋病。

【神獸好夥伴】

你是今天的幸運星，可以跟禍斗和當康成為夥伴，一起出發冒險！

你會如何幫助祂們，運用「吃火拉火」和「農產豐收」的超能力，為這個世界帶來光明和希望呢？

◆我會讓禍斗做＿＿＿＿＿＿

因為可以幫助＿＿＿＿＿＿

◆我會讓當康做＿＿＿＿＿＿

因為可以幫助

◆畫下你和禍斗及當康一起出發冒險的場景吧：

國家圖書館出版品預行編目（CIP）資料

神獸獵人 . 4：穿越沙丘的冒險／管家琪文；
鄭潔文圖 . -- 初版 . -- 新北市：步步出版：遠
足文化事業股份有限公司發行 , 2022.07
面；　公分
ISBN 978-626-96038-6-2（平裝）
863.596　　　111005944

神獸獵人4：穿越沙丘的冒險

作　　者｜管家琪
繪　　者｜鄭潔文

步步出版
執行長兼總編輯｜馮季眉
責任編輯｜陳奕安
編　　輯｜徐子茹
美術設計｜張簡至真

讀書共和國出版集團
社　　長｜郭重興
發行人暨出版總監｜曾大福
業務平臺總經理｜李雪麗　業務平臺副總經理｜李復民
實體通路協理｜林詩富　網路暨海外通路協理｜張鑫峰　特販通路協理｜陳綺瑩
印務協理｜江域平　印務主任｜李孟儒

出版｜步步出版
發行｜遠足文化事業股份有限公司
地址｜231 新北市新店區民權路108-2號9樓
電話｜(02)2218-1417　傳真｜(02)8667-1065
電子信箱｜service@bookrep.com.tw　網址｜www.bookrep.com.tw
法律顧問｜華洋法律事務所．蘇文生律師
印製｜中原造像股份有限公司

初版一刷｜ 2022 年 7 月　定價｜ 300 元
書號｜ 1BCI0031　ISBN ｜ 978-626-96038-6-2